Estou a Crescer!

Texto: Valérie Guidoux
Ilustrações: Claire Wortemann

EDITORIAL PRESENÇA

Todos diferentes

Quais são as características que te permitem reconhecer um **ser humano**?

Cabelo encaracolado e covinhas nas faces, moreno e bochechudo, loira com óculos, grande e gordo ou pequeno e magricela, somos **todos semelhantes...**

... mas **todos diferentes**, mesmo sendo da mesma família!

Como tu cresceste!

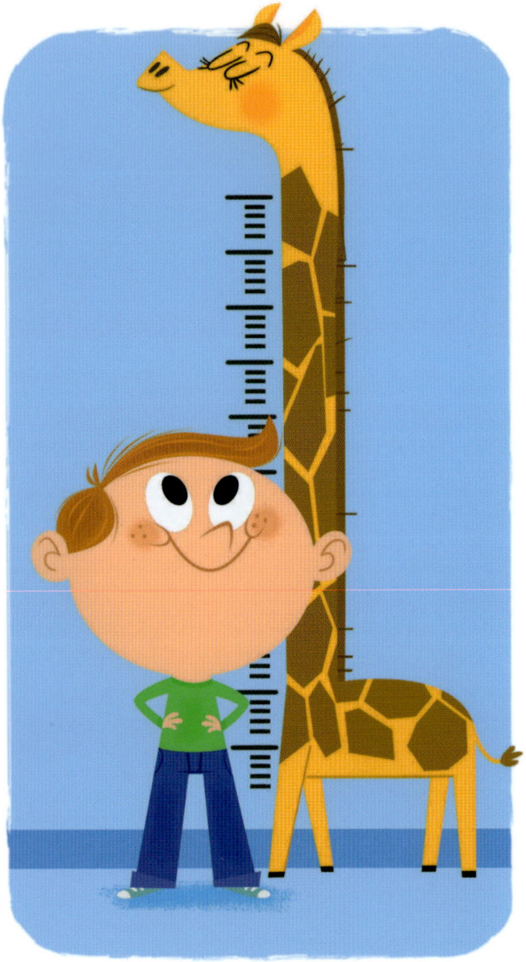

Já não és um bebé!
Ano após ano,
vais continuar a crescer.

A tua **cara** e a tua **voz**
também vão mudar,
mas serás sempre tu.

o bebé

a criança

o adolescente

os adultos

outros adultos... e eu!

Quando somos **adultos**, já não **crescemos** mais.
Mas continuamos a mudar até ao fim da nossa vida!

Ele ou ela?

És uma **rapariga**, ou és um **rapaz**? Consegues explicar como sabes isso?

Ser rapaz ou rapariga ficou decidido dentro da barriga da mãe.
Homem ou **mulher** é algo em que nos vamos transformando ao crescer.

Juntos, um homem e uma mulher podem fazer um **bebé.**

Conhecer alguém e **apaixonar-se** é uma grande aventura.
Reparaste naquele par de namorados?

Em movimento

Debaixo da tua **pele** que te protege, debaixo dos teus **músculos** que trabalham...

... está o teu **esqueleto**. É graças a ele que te manténs firme.

Baixar, levantar, inclinar, dobrar, estender... tudo **mexe**, mesmo o dedo mindinho do teu pé.

É espantoso tudo o que consegues fazer em movimento!

Cheio de vida!

Sem sequer pensares nisso, tu **respiras.**
Sentes o ar que entra? E o sopro quente que sai de ti?

Consegues ouvir o teu **coração** a bater?
O **sangue** circula nas tuas veias; isso significa que estás vivo!

Nem precisas de pensar no que estás a fazer: dentro do teu crânio, bem protegido, o teu **cérebro** sabe tudo e toma conta de tudo.

Um corpo para alimentar

Hum... Quem é que tem uma fome de lobo?

Para estar em forma, é preciso **comer** um pouco de tudo, todos os dias, e também **beber** muita água...

Tens necessidade de ir à casa de banho todos os dias. Sabes porquê?
O teu corpo **elimina** tudo aquilo que não é bom para ti!

Os cinco sentidos

Tu cheiras com o teu **nariz**, vês com os teus **olhos**, sentes as coisas em que tocas com a tua **pele**, ouves com os teus **ouvidos** e provas o sabor dos alimentos com a tua **língua**.

o pássaro
canta
o sol
aquece
hum...
que bom que
é o gelado
de chocolate!
as flores
cheiram bem
a erva
é verde

São os teus **cinco sentidos** que te ligam ao mundo.
Como é que sabes que é verão? Já pensaste nisso?

São horas de ir dormir!

As tuas pálpebras estão a ficar pesadas, sentes-te amolecer...
O que é que está a acontecer?

Depressa, para a cama! Precisas de dormir.
Sabias que é durante o sono que tu cresces?

Enquanto dormes, o teu **cérebro** descansa ao mesmo tempo que inventa histórias curiosas. Não tenhas medo, estás a sonhar!

A tua saúde

Ai! Um **dói-dói** aqui, uma **constipação** ali... é a vida!

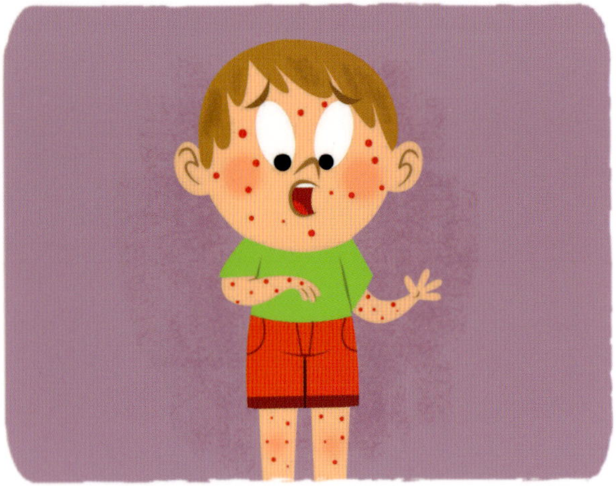

Quando não te sentes bem,
há sempre uma razão...

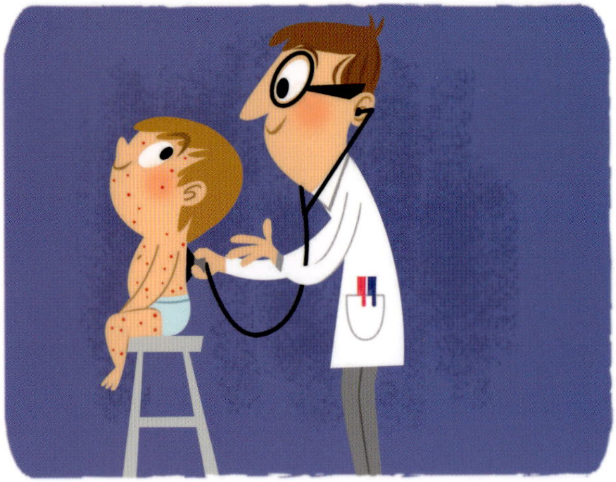

Não é preciso teres medo... O médico
tem quase sempre uma solução!

Pouco a pouco, vais aprendendo a saber o que é perigoso, o que é bom ou o que te faz feliz.

O que mexe contigo...

Isto também te acontece? O teu corpo fica agitado por causa daquilo que **sentes**, por causa dos teus **pensamentos** e do que te **dizem...** Coisas da vida!

O teu corpo, os teus pensamentos, os teus gestos, as tuas palavras...
Tudo isso ajuda-te a comunicar com as pessoas que te rodeiam.

É a tua vez de jogar!

❶ Reconstitui o corpo destas crianças.

Cola no local correto a cabeça, o tronco e as pernas de cada uma das figuras!

❷ Do nascimento à velhice.

Cola as diferentes imagens da Inês ao longo do percurso aqui indicado.

0 anos
2 anos
anos
16 an
45 a
75 ano

❸ Diverte-te...

Utiliza os elementos da última página de autocolantes para decorar os teus cadernos!

❹ Conheces bem o teu corp

Descobre os autocolantes que co estas formas e cola-os aqui.

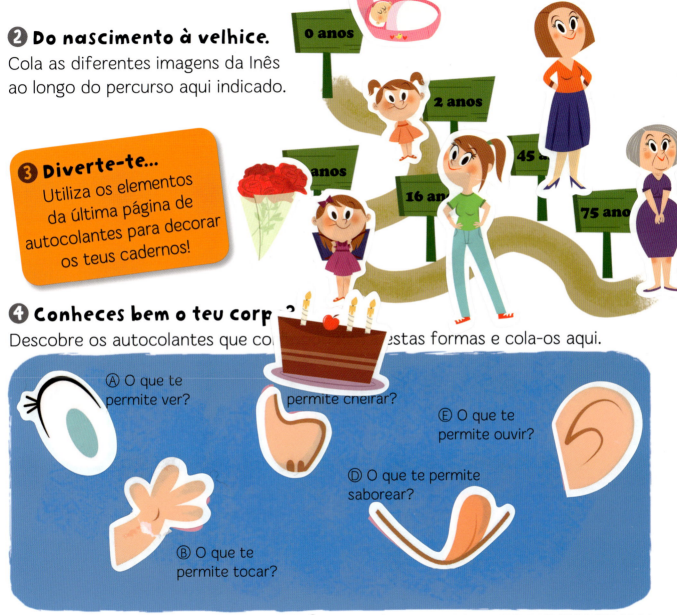

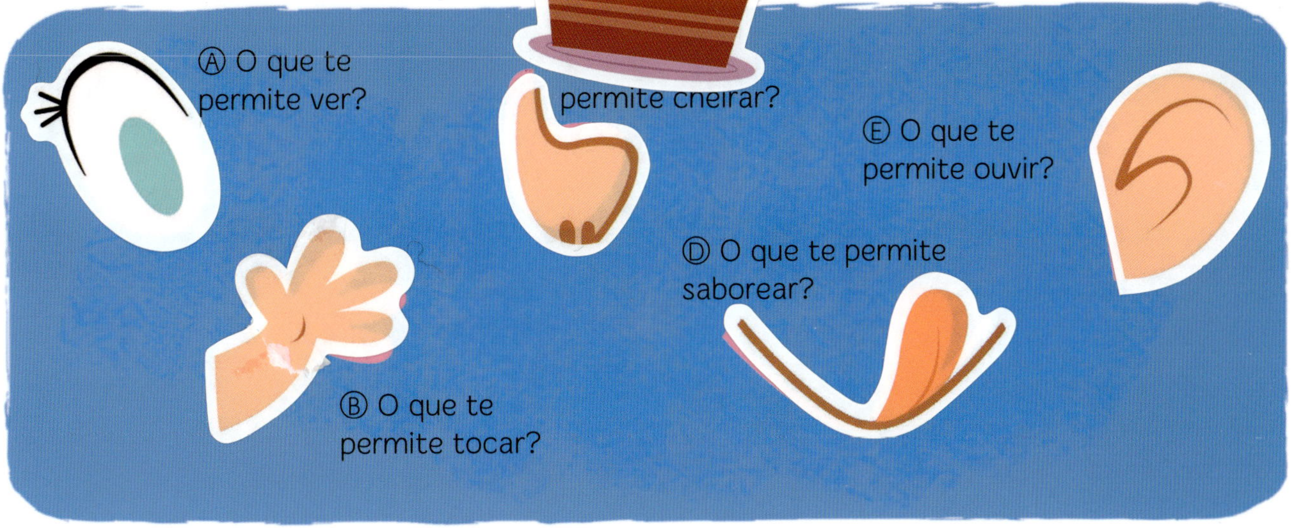

Ⓐ O que te permite ver?
permite cheirar?
Ⓔ O que te permite ouvir?
Ⓓ O que te permite saborear?
Ⓑ O que te permite tocar?

A. Os teus olhos; B. As tuas mãos; C. O teu nariz; D. A tua língua; E. Os teus ouvidos.

Texto de V[illegible]e Guidoux
Ilustrações de Claire Wortemann
Título original: *Je Grandis!*

Tradução: *E.P.*
Pré-impr[illegible]são: [illegible]
Im[illegible]
D[illegible]3718/13
1ª ediç[illegible], [illegible]sboa, setembro, 2013

EDITORIAL PRESENÇA
Estrada das Palmeiras, 59
Queluz de Baixo – 2730-132 Barcarena
info@presenca.pt www.presenca.pt